AF142520

1

L'infiltré hypnotiseur

L'infiltré

hypnotiseur

Ce livre est dédié à toutes les personnes qui se
reconnaitront dans ce livre.

Ce livre est aussi dédié à toutes les personnes
qui n'y sont pas.

Mais aussi à vous qui allez le lire

Mais encore et toujours à mes enfants qui y
sont et qui sont ma meilleure réussite.

Bernard Lions

BOD
Books on Demand

Éditeur: BoD-Books on Demand, 12/14 rond-point des Champs Élysées, 75008 Paris, France

Achevé d'imprimer en 2020

Impression: BoD-Books on Demand, Norderstedt, Allemagne

ISBN : 9782322243525

Dépôt légal : Bibliothèque Nationale de France Septembre 2020

Prix : 15,00 €

Introduction

Le paysage défile aussi rapidement que ma vie, les souvenirs restent, mais sont parfois mêlés aux regrets et aux satisfactions d'une vie pourtant bien remplie.

Ce train qui m'emporte et me déracine une fois de plus me conduit vers une nouvelle vie, ou plutôt une vie construite de toutes pièces.

À 50 ans, c'est sans doute la dernière fois que j'accepte ce genre de mission qui, pourtant, me permet d'être un autre, ou peut-être tout simplement moi-même.

Je regarde sans voir, car mon esprit est ailleurs, il est sans doute encore resté ce mercredi matin où j'ai accepté cette mission. Un mercredi comme tant d'autres, mais un jour qui va changer ma vie, et cela, je ne le savais pas encore.

Mais depuis il s'est passé un an jour pour jour, c'est sans doute un signe que j'aurais dû voir, comme un jour d'anniversaire où mon cadeau est ce voyage qui va me conduire inexorablement vers un ailleurs.

L'histoire des anniversaires est composée de petits bouts d'histoires, de fragments de traditions qui se sont agrégés autour de la date de la naissance d'une personne ou d'un événement.

Ma vision holistique m'aspire vers la vision des Grecs qui croyaient qu'à chaque humain s'attachait un esprit protecteur, ou daimôn, qui assistait à sa naissance et veillait sur lui durant sa vie.

Cette croyance se retrouve dans les notions d'ange gardien, de marraine-fée et de saint patron des Romains.

Quel est donc le nom de mon ange gardien, celui qui m'a permis de traverser des épreuves pas toujours simples et parfois même compliquées ?

Je ne connais que les saints patrons de ma corporation, cette famille qui s'aime, se dispute, se retrouve et partage ses joies et ses peines : saint Martin pour la police et saint Michael pour ses officiers.

La mission

Mais que s'est-il passé ce mercredi 29 avril 2015 pour que j'accepte une fois de plus une mission en infiltration qui n'était pas comme celles que j'avais déjà pu faire ?

En effet, après un parcours très opérationnel qui m'a conduit pendant plus de 14 ans à commander une brigade d'hommes et de femmes impliqués pour votre sécurité, je me suis retrouvé à la tête d'un service il y a quatre ans, et je ne suis pas certain que ma hiérarchie ait analysé ce que j'aurais pu faire en étant plus attentif à mon premier rapport de prise de fonctions.

C'est à cette époque que j'ai accepté ma première mission en infiltration, ce qui m'a fait découvrir un monde où le secret est gage de sécurité et où toute communication officielle est exclue.

Pendant toute la période d'infiltration, je me suis retrouvé directement sous l'autorité du Service interministériel d'assistance technique, un organisme rattaché à la Direction centrale de la police judiciaire, et personne dans mon service ne savait où j'étais ni ce que je pouvais faire.

Un magistrat valide toujours la mission d'infiltration pour une durée de quatre mois maximum renouvelable.
Ce sera le seul, avec la haute hiérarchie policière, à connaître mon identité décrite dans un dossier judiciaire par un pseudo et un numéro.

Les agents infiltrés sont surnommés par leurs collègues les Haricots verts, déformation orale de l'appellation anglaise undercovered. Mes deux premières missions dans l'habit de haricot vert m'ont conduit à infiltrer des réseaux liés au grand banditisme et à la drogue.

La fin des missions était toujours l'occasion de faire le point entre le bien et le mal, le réel et l'irréel, pour éviter de perdre mes repères et renforcer mes valeurs.

Mais, cette fois, la fin de ma mission va me réserver bien plus qu'une simple analyse qui me conduit à me centrer sur mon passé et mon présent, et dans ce train qui me conduit de Paris dans le Midi de la France, je pourrai voir défiler mon futur dans les paysages que je traverse.

Ce mercredi 29 avril 2015, tout commence pourtant de façon normale, et ce n'est pas la pluie froide et le gris du ciel qui empêcheront mon optimisme de voir un coin de ciel bleu.

Après un café et quelques mots échangés avec le serveur qui m'accueille avec un « Bonjour capitaine », je dois rapidement me rendre à cette réunion à la Direction centrale de la police judiciaire.

Je ne sais pas que ce café avalé plus rapidement qu'à mon habitude et les mots échangés avec Julien le cafetier seront les derniers pour sans doute une longue période.

J'aime pourtant discuter avec lui qui, comme moi, aime observer les gens et qui a souvent une analyse digne de ce que j'ai pu apprendre dans mes formations en sciences comportementales.

Il y a en effet des gestes que nous répétons quotidiennement, qui font partie de notre routine et dont nous ne nous rendons même plus compte.
Croiser ses jambes, ses bras, tortiller ses cheveux, ou encore certaines de nos mimiques font partie de notre façon d'être, et nous les associons souvent à des émotions particulières (gêne, stress, bonheur…).

Un bon moyen de décoder les attitudes de vos interlocuteurs, tout en gardant cependant une certaine distance, car les gestes ne déterminent pas forcément tout.

Julien s'amuse d'ailleurs très souvent à décrypter l'attitude des clients qui rentrent dans son établissement pour la première fois et avec qui il valide ou invalide ses suppositions après avoir discuté avec eux.

J'aimerais parfois que certaines personnes avec lesquelles je travaille puissent avoir sa pertinence dans ce que j'appelle savoir analyser à chaud pour valider à froid, qui permet, au travers d'un ressenti, d'élaborer une idée sur une personne et de la valider par du factuel.
Julien met en pratique l'analyse transactionnelle et le langage non verbal sans jamais les avoir étudiés.

J'arrive au rendez-vous au 101, rue des Trois-Fontanot à Nanterre où m'attendent déjà trois personnes avec, devant elles, des dossiers qui déjà suscitent en moi des interrogations et me projettent dans une fonction d'infiltration que je pressens.

Il faut dire qu'à chaque fois que j'ai passé les portes vitrées de cet immeuble et que je me suis infiltré dans les étages, j'en suis ressorti avec la tenue d'un haricot vert.

Moi qui travaille depuis tant d'années en civil, me retrouver déguisé virtuellement en cette espèce de plante légumineuse de la famille des fabacées me fait sourire.

Il va falloir que je pense à me déguiser un jour en haricot vert juste pour faire rire Justine, ma fille, qui s'est déguisée un jour en licorne pour aller à la fac.

Deux des plus hauts responsables du Service interministériel d'assistance technique et de la Direction centrale de la police judiciaire sont là avec une autre personne qui se présente comme le magistrat qui sera en charge de la responsabilité juridique de l'affaire et de la mission d'infiltration qui va m'être exposée.

Exposée, proposée, imposée, la langue française est riche en mots et chacun a un sens particulier qu'il convient de remettre dans le contexte, et je ne pense pas que le jeune magistrat qui est debout en se présentant à moi ait fait une erreur. Il est certain que j'accepterai la mission, donc il veut bien m'exposer les choses sans me les imposer, puisque je vais les accepter.

Sans plus attendre, on me demande de m'asseoir autour d'une grande table ovale et je me place face aux grandes fenêtres et à la porte, sans doute une habitude prise afin de pouvoir observer en toute sécurité.

J'observe machinalement le moindre détail de cette pièce qui est très grande pour réunir trois personnes et décorée de manière surprenante pour un local d'une administration.

Mon regard se porte à l'extérieur à travers les fenêtres qui laissent entrer une lumière timide.

Je remarque une nouvelle fois depuis l'étage élevé où nous sommes la vue étrange sur la grande arche de la Défense qui se dresse juste au centre de deux cimetières, celui de Neuilly et celui de Puteaux.

Les murs sont blancs et des tableaux figuratifs donnent le sentiment d'être dans une salle d'exposition d'un musée parisien.

L'art figuratif est souvent pensé en opposition à l'art abstrait qui ne cherche pas à représenter des objets du réel.

On pourrait presque faire le parallèle avec un agent infiltré pour qui l'on va peindre un tableau dans lequel l'abstrait se mélange avec le figuratif pour que son image, et de ce fait sa couverture, soient aussi parfaites que le style artistique d'un art figuratif réaliste, dans lequel le peintre aurait cherché à représenter le réel.

Quel va être mon réel créé cette fois-ci ?

Je ne vais pas tarder à le découvrir.

Le jeune magistrat se lève et met en marche l'ordinateur et un vidéoprojecteur, juste le temps pour moi d'observer mes deux supérieurs et de lire dans leur façon de se positionner et de me regarder que je dois m'attendre à une sacrée surprise.

« C'est une histoire à dormir debout, au propre comme au figuré. Mais les faits, étayés par de nombreux témoignages et corroborés par la gendarmerie de la Somme et nos collègues de la police anglaise, ne font pas rire du tout les autorités. »

Une introduction qui éveille ma curiosité. Je me dis à ce moment précis que tout a un sens et que rien n'arrive par hasard, ma présence en est sans doute un signe.

Depuis mon changement de fonction il y a quatre ans, je pense que tout ce qui nous arrive de déplaisant et de difficile et que nous considérons comme une épreuve n'est en fait qu'une expérience, et que c'est à travers les expériences que l'on va comprendre et évoluer.

Avec le recul que j'ai sur mes quatre dernières années à la tête d'un service où je ne voulais pas forcément aller, j'ai compris que refuser une expérience, se battre, se révolter, la refouler, ce n'est que reculer l'échéance.
Car, tôt ou tard, elle nous sera représentée, et cela jusqu'à ce que l'on ait compris que l'on doit l'accepter et l'intégrer dans tout notre être, pour qu'elle nous ouvre l'esprit sur autre chose de plus fort, de plus beau.

Je me souviens de deux livres très intéressants sur le hasard. *Rien dans ce monde n'arrive par hasard,* de Paulo Coelho. *Le hasard n'est que la mesure de notre ignorance,* d'Alfred Capus.

Pensez-vous que les gens que vous rencontrez soient juste arrivés là par hasard ?

Pensez-vous que les situations délicates, difficiles ou douloureuses que vous vivez le soient par hasard ?

Pensez-vous que le pessimisme ambiant qui règne dans vos relations le soit par hasard ?

Pensez-vous que les personnes qui vous rejettent, ne vous acceptent pas, ne vous aiment pas le fassent par hasard ?

Pensez-vous que l'agressivité, la colère, la mauvaise humeur qui règnent autour de vous soient là encore le fait du hasard ?

Je suis convaincu que rien n'arrive par hasard, que toutes les situations et personnes rencontrées dans notre vie ont une finalité, un but souvent caché qui ne nous apparaît pas immédiatement, mais qui se révèle à la longue bien utile pour notre croissance personnelle.

Et le jeune magistrat commence ses explications en projetant une vidéo qui a été fournie par la police de Londres. La qualité n'est pas fameuse, car il s'agit de l'enregistrement d'une caméra de surveillance.

L'enquête conduite par le Criminal Investigation Department a mis en évidence comment un braqueur a hypnotisé le gérant d'un magasin dans le nord de Londres pour lui voler sans violence sa recette.

Sur la vidéo qui date du 11 septembre 2014, on voit le malfaiteur fouiller les poches du gérant qui semble n'opposer aucune résistance.

Le jeune magistrat développe et explique :

« Le rapport de la police de Londres explique que le malfaiteur hypnotise sa victime en quelques secondes en agitant sa main droite devant lui et en lui parlant doucement. La victime n'a opposé aucune résistance et n'a rien pu faire pour l'arrêter. »

Il me demande ensuite de consulter le dossier de la gendarmerie de la Somme qui relate des faits plutôt étranges qui dépassent le simple jeu dans un établissement scolaire.

Depuis la rentrée de septembre 2014, un élève de 1re littéraire d'un lycée d'Amiens hypnotise ses camarades.

Jeudi 4 décembre 2014, une jeune fille chute subitement sur la voie publique à Corbie (Somme), profondément endormie.

Les pompiers interviennent, mais ne parviennent pas à la réveiller.

Ses camarades qui l'accompagnent expliquent aux secouristes qu'elle est victime d'un jeu actuellement en vogue dans leur lycée : l'hypnose.

Plus réceptive que les autres, la jeune fille s'endort systématiquement dès qu'elle entend le mot « dormir », « s'endormir » ou un claquement de doigts.

À Beauvais également, le jeu semble être à la mode. Ainsi, sous le porche d'une habitation voisine du lycée des Jacobins, quatre adolescents jouent eux aussi à ce jeu dangereux sous les yeux des journalistes du *Courrier Picard*.

Une jeune fille inconsciente est revenue à elle d'un claquement de doigts de son hypnotiseur.

Après m'avoir laissé le temps de lire le rapport de la gendarmerie de la Somme, le jeune magistrat poursuit :

« Mais ce qui inquiète encore plus les hautes autorités, c'est que le phénomène semble se développer en France, et notamment dans le Midi. Il semble qu'une recrudescence de faits troublants allant du vol à l'agression semble très suspecte et présente des similitudes comportementales de l'hypnose. »

Je me souviens à ce moment-là avoir lu que, dans les années 1960/1970, de nombreuses rumeurs ont couru sur la création d'assassins hypnotiseurs par la CIA.

Des personnes comme vous et moi pourraient tuer une cible précise.

L'exemple le plus connu est celui de l'assassinat du sénateur Robert F. Kennedy (frère du président John F. Kennedy) le 6 juin 1968 à Los Angeles par Sirhan.

Certains faits sont troublants :
L'accusé témoigne n'avoir aucun souvenir, et ses avocats ont plaidé le contrôle mental. Une hypno-programmation qui l'aurait obligé à tirer sur R. Kennedy et qui aurait effacé tout souvenir de sa mémoire.

Je dois dire que ce magistrat, malgré son jeune âge, a un aplomb qui me séduit, il me fait une présentation des faits pendant plus d'une heure.

C'est la première fois que je rencontre le magistrat Benoît Chouchou, et si j'osais faire un jeu de mots, je pourrais dire qu'il pourrait devenir mon magistrat préféré, il me semble toutefois opportun de m'en dispenser.

Je m'apercevrai plus tard que Benoît Chouchou est aussi sérieux dans son travail qu'il peut être boute-en-train en dehors.

Une sorte de dualité intéressante qu'il cultive sans doute.

L'ambiguïté du concept même de cette dualité dans ce qu'il a de plus intrinsèque, à savoir que deux caractères apparemment opposés ne peuvent en définitive n'en former qu'un seul.

Il n'est pas nécessaire de donner d'emblée de la dualité une interprétation métaphysique, d'autant qu'il est sans doute plus aisé d'en percevoir clairement la manifestation sur le plan psychologique et dans ses conséquences concrètes et pratiques.

Benoît, avec ses deux caractères opposés, en est la démonstration.

Nous vivons tous avec ce rapport étroit avec la dualité, c'est bien l'état de contradiction dans lequel nous abordons en permanence notre vie :
J'aime/je n'aime pas, je désire/je déteste, je veux/je ne veux pas.

Cette dualité de vie nous conduit souvent dans les contrariétés, les contrastes, les déchirements, les sautes d'humeur et les drames de la vie ordinaire.

J'apprendrai aussi que, malgré son jeune âge, il a trois enfants.

Le nombre trois étant dit parfait, parce qu'il est composé de l'unité et de la dualité.

Les deux responsables du Service interministériel d'assistance technique et de la Direction centrale de la police, qui jusque-là n'ont pas encore eu le temps de s'exprimer, prennent le relais comme dans un concert de musique où chaque artiste a préparé son morceau qu'il doit ensuite exécuter.

« Bon, capitaine, nous allons vous exposer les grandes lignes de l'objectif de cette mission et nous vous précisons que notre choix s'est porté sur vous, car vous remplissez les conditions pour conduire cette opération. »

« Les hautes instances juridiques et politiques alertées par différentes affaires ont conduit une enquête nationale qui a permis d'identifier dans le département des Alpes-Maritimes, et notamment sur la commune d'Antibes Juan-les-Pins, une recrudescence des vols sans véritable violence.
L'enquête a mis en évidence une similitude des faits comparables aux faits signalés outre-Manche ainsi que dans le département de la Somme. »

Le projet de ma future infiltration que je dois accepter, ou que j'ai déjà acceptée de par ma présence dans ce bureau, m'est exposé par les deux responsables du Service interministériel d'assistance technique et de la Direction centrale de la police.

Tout est déjà organisé et planifié dans les moindres détails et, à ma surprise, dépasse tout ce que j'ai déjà fait dans mes précédentes missions ou tout ce qui est enseigné lors de notre formation spécifique.

Au cours de mon stage d'agent d'infiltration, j'ai reçu une formation très pointue sur l'art et la manière de se fondre dans un personnage, j'ai été placé en situation de simulation de déstabilisation psychologique et d'interrogatoires musclés.

Je pensais avoir appréhendé toutes les facettes de ce que pouvaient être les contraintes nécessaires à une mission d'infiltration.

Néanmoins, ce que l'on va me demander est à la fois basé sur une infiltration d'une durée importante et un investissement encore plus important que d'habitude pour me fondre dans le personnage, ce qui n'est d'ailleurs pas pour me déplaire.

La constitution de mes fausses identités était jusque-là minutieuse, et m'imposait de changer d'apparence, d'adopter une nouvelle identité, de me confectionner un nouveau look tant physique que psychologique.

Je me suis souvent laissé pousser la barbe et les cheveux, et je portais des vêtements qui permettaient d'adopter le code vestimentaire des lieux où je devais évoluer.
En principe, je ne possédais plus d'attache familiale. Tout mon entourage proche avait disparu. Je tenais à être seul pour assurer ma sécurité et surtout celle de mes proches.

Cette fois-ci, la mission est totalement différente de par le milieu qu'il convient d'infiltrer, mais aussi de par la préparation nécessaire.

« Vous comprendrez, capitaine, qu'il convient de mettre en place une stratégie d'infiltration qui puisse interagir à la fois sur les deux niveaux éventuels de dérive d'utilisation de l'hypnose, que constitue l'utilisation directe ou indirecte.
En effet, dans les dérives possibles, nous envisageons l'utilisation par un hypnothérapeute ou par une personne manipulée par lui. »

« Vous devez acquérir dans un premier temps les connaissances qui vous permettront la maîtrise de l'hypnose.
Vous adopterez dans un second temps le personnage d'un hypnothérapeute.
L'objectif étant d'évaluer les dangers envisageables d'une pratique détournée et de démanteler l'éventuel réseau dans le département des Alpes-Maritimes. »

Je comprends à ce moment-là l'une des raisons sans doute pour lesquelles j'ai été choisi. En effet figurent dans mon curriculum vitæ des formations relevant de sciences comportementales.

Les sciences comportementales incluent deux grandes catégories : neurale (*science de la décision*) et sociale (*science de la communication*).

Les sciences de la décision comprennent des disciplines qui sont fondamentalement en lien avec les processus de décision et le fonctionnement individuel mettant en œuvre l'adaptation de l'organisme dans l'environnement social.

Ceci inclut l'anthropologie, la psychologie, les sciences cognitives, la théorie des organisations, la psychobiologie et les neurosciences sociales.

D'un autre côté, les sciences de la communication incluent les disciplines qui étudient les stratégies de communication utilisées par les organismes et les dynamiques entre les organismes et l'environnement.

Ceci inclut l'anthropologie, le comportement organisationnel, les études organisationnelles, la sociologie et les réseaux sociaux.

De mon côté, j'ai suivi un cursus de formation en programmation neuro-linguistique, neuro-sémantique, analyse transactionnelle et langage non verbal, ainsi qu'une formation en négociation et gestion du stress et je suis détenteur d'une formation personnelle en sophrologie.

Tout ceci a dû constituer à leurs yeux un avantage.

Benoît, le jeune magistrat resté silencieux pendant toute la présentation de la mission comme s'il souhaitait marquer la différence entre l'aspect purement technique et l'objectif de l'enquête, reprend la main :

« Capitaine, il est dangereux de penser qu'un conditionnement de l'inconscient, à l'insu du conscient, soit possible.
Je vous laisse imaginer ce que pourraient être les conséquences si un groupe partisan ou de criminels avait trouvé là un moyen de s'attirer des complicités qu'il ne pourrait obtenir autrement.
Il est important d'apporter des réponses claires sur la possibilité d'utilisation de l'hypnose à des fins criminelles ou de prise de contrôle de la liberté individuelle, et cela dans tous les domaines. »

Bien qu'implicitement j'aie sans doute déjà accepté la mission dans l'esprit du jeune magistrat et des deux responsables du Service interministériel d'assistance technique et de la Direction centrale de la police judiciaire, je donne mon accord.

Ce mercredi 29 avril 2015 est, sans que je le sache, le début pour moi d'une aventure qui va me conduire là où je n'aurais jamais pensé aller.

Ma couverture

Le scénario qui m'est alors dévoilé est d'une grande précision où tout est programmé et organisé par avance.

Par expérience, je sais que la planification est une des clefs principales de la réussite. Une organisation doit être fluide, le moindre détail doit être pensé, contrôlé et ne peut souffrir aucune incertitude.

J'apprends à ce moment-là que tout va commencer trois jours plus tard alors que la mission d'infiltration proprement dite va débuter après une formation répartie sur environ douze mois.

Pendant l'année qui va passer, je dois suivre plusieurs formations dans trois instituts en Suisse afin d'acquérir un certificat européen de compétence professionnelle de Maître praticien en hypnose et des modules complémentaires, dont un en hypnose de spectacle.

Entre les stages, je dois suivre une formation par correspondance.

Les formations par correspondance doivent me permettre d'avoir de solides bases en psychologie générale sous la forme d'une psychologie holistique et transpersonnelle qui réunit dans une même pratique les apports de la psychologie jungienne, de la psychologie cognitivo-comportementale, de la sophrologie, du yoga et de la méditation.

Enfin, je dois étudier plusieurs dossiers relatifs à des affaires où le mode opératoire est relié à l'utilisation de l'hypnose.

Le vendredi 1er mai 2015, je m'envole pour la Suisse avec une nouvelle identité et d'une histoire personnelle créée de toutes pièces par les spécialistes du Service interministériel d'assistance technique.

Je deviens à partir de maintenant un autre.

Mon nom est Georges Blaise, j'ai 50 ans, je suis né à Paris, j'ai travaillé longtemps au Canada et en Suisse, je suis célibataire et j'étais dans l'import-export avant ma reconversion comme hypnothérapeute.

Je dois apprendre point par point qui je suis en mettant de côté qui je suis réellement.

Un détail particulier pourra me servir peut-être, lorsque je serai en infiltration à Antibes Juan-les-Pins, j'ai passé dans ma vie réelle deux étés dans cette commune.

La formation

J'arrive à la tombée de la nuit à Genève, cette ville suisse située à l'extrémité ouest du Léman.

À ma descente de l'avion, je me rends compte que je vais devoir apprendre à me fondre dans cette ville et trouver mes marques.

Une fois en dehors de l'aéroport, je remonte mon col, il fait froid, le vent s'engouffre partout, le tonnerre gronde au loin, la pluie est de plus en plus forte, d'abord quelques gouttes qui tambourinent sur le sol et puis l'averse violente.

Je m'engouffre dans un taxi.
« 3, rue du Commerce. »

C'est l'adresse où je vais habiter, une vue imprenable sur le lac, la cathédrale Saint-Pierre et les toits de Genève.

L'immeuble est entièrement restauré et mon deux-pièces est meublé, il est situé au dernier étage d'un immeuble de standing.

C'est un endroit plutôt agréable. J'ai connu, lors d'autres missions d'infiltration, des logements bien plus simples, et parfois même des chambres d'hôtel dans des quartiers populaires afin d'être au cœur de la mission d'infiltration.

En effet, certains de ces quartiers symbolisent aujourd'hui la concentration des phénomènes d'exclusion et l'archétype du mal-vivre des grands ensembles, et sont au centre de toutes sortes de trafics.

Les échecs de la politique de la ville en ont fait un espace qui réunit ceux qui ne possèdent rien ou trop peu, formant ainsi une communauté de conditions souvent différentes, mais unies dans une certaine forme de fragilité économique et sociale avec un sentiment d'isolement créé par la ségrégation.

Les quartiers dits « populaires » réunissent sous une même dénomination des habitants et des situations qui peuvent être très hétérogènes : des ouvriers, des employés, des chômeurs, des immigrés, des retraités.

Mais, quelles que soient les différences et inégalités entre eux, et au-delà de cette diversité, ils n'en font pas moins partie d'un même ensemble, de la même famille.

La promiscuité qui s'est instaurée de longue date entre les habitants et le rapport étroit qu'ils entretiennent avec les lieux produisent des attaches et créent un environnement sécurisant.

Les habitants des quartiers populaires se tournent volontiers vers une économie souterraine pour compenser leur manque de ressources.

Une fois installé et avant de reprendre point par point les éléments nécessaires que je dois connaître pour réaliser au mieux cette première phase de ma mission d'infiltration, je m'autorise un moment pour contempler la vue depuis un balcon donnant sur le lac.

La pluie s'est enfin arrêtée et une brume joue à cache-cache avec l'eau du lac et le ciel. Cette brume se mélange parfois avec le reflet de l'eau, parfois avec les nuages, et parfois semble servir d'intermédiaire avec l'eau et le ciel pour qu'ils puissent se parler.

Juste le temps de prendre mes marques et de m'installer dans cet appartement plutôt agréable avant de me retrouver le lundi suivant mon arrivée à Genève dans un institut européen de formation en hypnose pour une première période de trois semaines.

Arrivé devant les locaux du premier des trois établissements où je dois recevoir ma formation, je découvre un lieu paisible juste en bordure d'un parc, installé dans un immeuble moderne, l'institut de formation est au rez-de-jardin.

Je dois y passer au total presque quatre mois et je trouve le lieu très chaleureux et accueillant.

Espérons que les deux autres endroits soient aussi sympathiques afin de joindre l'utile à l'agréable.

Je pousse la porte et je suis installé confortablement dans mon personnage.

Une personne est dans le hall et m'accueille avec un large sourire qui semble très naturel et bienveillant.

« Bonjour, Georges Blaise, je suis inscrit pour suivre une formation en hypnose. »

« Bonjour, monsieur Blaise, je peux vous appeler Georges ? Je suis Amandine, la psychologue de l'institut, nous allons avoir l'occasion de travailler ensemble et c'est aussi moi qui suivrai votre travail sur la formation par correspondance. Veuillez entrer là à gauche dans la salle de détente, nous vous attendions, vous pouvez vous servir et prendre une collation. »

Déjà, je note le sérieux de ce centre de formation de par l'accueil individualisé qui est fait.

« Oui, madame, pardon, Amandine, vous pouvez m'appeler Georges, merci pour votre accueil, désolé, je suis en retard ? »
« Pas du tout, Georges, nous attendons tous nos stagiaires avec le plaisir de pouvoir les découvrir, car nous avons vos CV, vos lettres de motivation, et ainsi nous vous connaissons déjà un peu. »

Parce qu'elle sait écouter et observer, je sais qu'Amandine est parfaite dans son rôle de psychologue lui permettant de détecter des troubles du comportement et des problèmes d'adaptation, sa présence à l'accueil n'est sans doute pas le fruit du hasard.

J'aurai par la suite l'occasion de souvent discuter avec elle, qui est ce qu'on peut appeler une personne solaire.

Amandine ne cherche pas à gouverner sa vie ni les événements, elle suit son propre chemin. Elle ne cherche pas à s'identifier à des modèles sociaux, car elle sait qui elle est et ce qui lui convient, elle ne perd pas de temps à rêver sa vie, car elle est connectée à la réalité.

C'est là une lecture intéressante de sa personnalité qui peut sembler parfois en quête de cheminement spirituel et psychologique.

Je rentre dans la salle de repos et ne peux m'empêcher d'observer les personnes déjà présentes. L'idée même qu'un automate puisse naître à la suite d'un conditionnement sous hypnose semble inconcevable et, pourtant, il m'a été possible de constater lors de spectacles d'hypnose que certaines personnes s'abandonnent à des absurdités, à des aberrations sans être capables de remettre en cause des inepties et des théories irrationnelles.

C'est alors que l'inquiétude des hautes autorités relayée par un magistrat me ramène à la raison de ma présence ici. Si cela était possible, cela pourrait aller de la simple manipulation au projet plus complexe d'hypnotisation à long terme, souvent pour des raisons peu avouables. Dans tous les cas, le but serait de modifier le comportement humain en court-circuitant autant que possible toute censure consciente.

Les informations sur la recrudescence des vols et des agressions à Antibes Juan-les-Pins dans les Alpes-Maritimes présentent des similitudes comportementales d'un état d'hypnose. Elles sont peut-

être le début d'un plan qui pourrait s'avérer beaucoup plus inquiétant.
La dernière ligne du rapport que j'ai lu est dans ce sens très explicite :
« C'est ainsi que pourraient procéder certains groupes religieux sectaires, mais aussi des mouvements terroristes pour convaincre leurs membres de se sacrifier. »

Voilà qui pose clairement l'importance de ma mission d'infiltration pour découvrir quelles sont les motivations réelles et qui se cache derrière les vols et agressions en lien avec des états mortifiés de comportement.

Je commence mes recherches et je dois dans un premier temps répondre à la question sur la possibilité de manipuler quelqu'un sous hypnose.

Milton H. Erickson, un des fondateurs des thérapies brèves, a déclaré sur ce sujet :
« On m'a accusé de manipuler les patients, ce à quoi je réponds : toute mère manipule son bébé, si elle veut qu'il vive.
Elle lui apprend même à pouvoir rentrer dans le langage de la manipulation.
Chaque fois que vous allez dans un magasin, vous manipulez l'employé pour qu'il vous fasse un prix.
Et quand vous allez au restaurant, vous manipulez le serveur.
Le professeur à l'école vous manipule pour vous apprendre à lire et à écrire. Bref, la vie n'est qu'une gigantesque manipulation. »

D'après le rapport sur les événements qui se sont passés à Antibes, on peut présager ce genre de conditionnement sous hypnose où le sens critique est affaibli ou inexistant tant les faits évoqués sont plus que troublants.

Mais qui peut se trouver derrière les affaires signalées qui inquiètent au plus haut point les autorités ?

Voici un exemple d'un des nombreux vols avec le même mode opératoire dans le secteur que je dois infiltrer :

Samedi 7 février 2015 dans un magasin de vêtements à Juan-les-Pins, la vendeuse Isabelle est seule lorsqu'un client, accompagné d'une jeune fille, entre et demande un renseignement.

« Elle voulait savoir s'il y avait un magasin ésotérique dans les parages. Elle était très sympathique », se rappelle la gérante de 45 ans.

Mais, rapidement, le couple change de sujet et commence à faire des compliments à Isabelle.

« Ils m'ont dit que j'avais une belle âme. Ça m'a rendue méfiante et j'étais sûre qu'ils allaient me demander de l'argent. »
« Ils m'ont rassurée en expliquant qu'ils étaient de passage pour une conférence sur des techniques de relaxation et de prise en charge de la douleur. »

C'est à ce moment qu'Isabelle, moins méfiante, leur explique qu'elle a une prothèse au genou et qu'elle doit se faire opérer, car elle souffre beaucoup.

« L'homme m'a alors expliqué que c'était exactement ce qu'il allait exposer à la conférence, et il m'a proposé de me montrer comment réguler ma douleur. Je dois avouer qu'ils avaient à ce moment-là gagné ma confiance. »

« L'homme m'a fait m'asseoir confortablement et m'a demandé de fixer sa main devant mes yeux, et il a pris mes deux mains qu'il balançait. Je me suis soudainement sentie bizarre. Je ne sais pas pourquoi, mais je me suis sentie sans volonté. J'ai commencé à faire tout ce qu'il me demandait. »

Ce qui a suivi, la gérante de ce magasin n'est pas près de l'oublier :

« J'ai d'abord vidé mon porte-monnaie, puis la caisse du magasin. Je leur ai aussi donné un de nos sacs et un bracelet. C'est comme si je ne pouvais pas résister à leurs demandes. »

Ou encore ce rapport encore plus dérangeant faisant état d'une agression sur un fonctionnaire de la police municipale d'Antibes qui décrit son agresseur comme un automate qui s'est jeté sur lui sans raison et sans rien dire, et qui est reparti aussitôt.

Selon une expérience faite par Derren Brown (mentaliste et hypnotiseur anglais) il serait possible sous trois conditions de créer un assassin sous hypnose.

- L'hypnotiseur doit avoir des connaissances et des capacités.
- Le contexte doit être favorable.
- Le sujet doit être exceptionnel.

La connaissance demandée à l'hypnotiseur n'est pas simplement de l'hypnose.

Il doit pouvoir utiliser des techniques de manipulation mentale. Son savoir-faire et sa confiance doivent être excellents.

Le processus hypnotique dépend beaucoup du contexte et de la confiance entre le sujet et l'hypnotiseur.

Le contexte doit permettre suffisamment de confusion pour n'offrir aucune possibilité de réflexion consciente. Si le sujet voit une personne maîtrisant particulièrement bien son travail, il rentrera en transe d'autant plus facilement.

Quatre qualités sont nécessaires au sujet pour qu'il réponde à toutes ces suggestions, même les plus incroyables.

- L'entrée en transe doit être rapide.
- Il doit aussi vite répondre aux suggestions de l'hypnotiseur.
- Une amnésie doit pouvoir être provoquée n'importe quand.
- La dissociation corps/esprit doit être performante.

Durant ma formation intensive, je vais apprendre les méthodes les plus modernes et les plus efficaces de l'hypnose et de l'hypnothérapie afin de pouvoir infiltrer à la fois le monde des hypnothérapeutes et celui des personnes qui cherchent à détourner la pratique de l'hypnose.

Ces trois premières semaines de formation à Genève sont une immersion totale dans la pratique de l'hypnose.

Le passage systématique des savoirs aux savoir-faire et aux savoir-être est, à mes yeux, le meilleur garant d'un apprentissage réussi.

Malgré l'appréhension du débutant, je me sens à l'aise très vite pour acquérir, au fil des jours, les techniques appropriées. Je retrouve aussi des notions déjà étudiées dans mes formations sur les sciences comportementales.

J'en profite aussi pour discuter avec les participants afin de pouvoir en apprendre plus sur les motivations de choisir cette pratique professionnelle, et je suis étonné de voir le brassage de milieux sociaux.

Je me souviens avoir croisé tout au long de mes différentes formations des médecins, des infirmiers, des chefs d'entreprise, des chômeurs, des ouvriers, des étudiants, et même le plus étrange, un coureur cycliste professionnel.

Mais, durant toutes les formations, je vais aussi faire un travail sur moi-même.

Notre passé a une grande influence sur notre présent et sur notre manière de préparer le futur. Notre famille, notre éducation et notre expérience de la vie nous ont inculqué des valeurs qui sont aujourd'hui profondément ancrées en nous.
Mais ces valeurs personnelles peuvent ne pas être de bons alliés.

Tout change constamment en ce monde et si lors d'un changement qui ne vous convient pas vous voulez que votre vie s'améliore, vous devez commencer par changer vous-même.

C'est sans doute ce que je n'ai pas compris lors de mon changement d'affectation et que je maîtrise maintenant.

Gandhi a écrit : « Sois le changement que tu souhaites voir dans le monde. »

Le serpent ne changera pas. Si vous voulez ne plus en avoir peur, c'est à vous de changer. C'est ce conseil qu'il faut suivre en permanence.

C'est ce qui s'appelle peut-être prendre sa vie en main, ou bien encore prendre ses responsabilités.

Quand vous vous sentez responsable de tout ce que vous vivez, vous avez alors le pouvoir d'en changer, car vous partez du constat que cette situation est née en vous avant d'apparaître dans votre vie.

Si vous attendez des changements des autres, vous pouvez parfois attendre toute une vie sans en voir un seul.

Alors que si vous changez vous-même votre perception des choses, vous allez découvrir un monde nouveau et très probablement meilleur qu'auparavant.

Vous regarderez toujours le verre à moitié plein plutôt qu'à moitié vide.

Mais le plus important n'est-il pas de savoir poser le verre qu'il soit à moitié plein ou à moitié vide, afin de soulager le bras qui le porte.

Cette préparation intensive de douze mois pour pouvoir infiltrer et déjouer ce qui pourrait être une dérive dangereuse de l'hypnose va me conduire à devenir un passionné de l'hypnose.

En effet, comme la plupart des gens passionnés, j'occupe tout mon temps libre à travailler, lire et faire des recherches sur l'hypnose, comme une véritable addiction, parfois des soirées entières.

Je n'arrête pas d'en parler et d'y penser à n'importe quel moment de la journée ou de la nuit.

Qui suis-je ?

Je deviens peu à peu le personnage que je vais jouer dans une seconde phase, cette phase d'infiltration où je vais devenir un hypnothérapeute, président d'un institut de formation en sciences comportementales qui s'installe à Juan-les-Pins après avoir exercé en Suisse et au Canada.

Je vais devenir Georges Blaise, qui existe déjà, créé de toutes pièces par les informaticiens attachés au Service interministériel d'assistance technique de la police judiciaire.

Ils ont pendant des mois préparé cette mission et j'apparais sur Internet, car il a créé mon personnage de toutes pièces : identité, formation, carrière, publications, et même si le Web devient de plus en plus intelligent, il est en partie constitué de fausses informations que peu de gens peuvent vérifier, ce qui, dans mon cas, est un avantage indéniable.

Depuis quelques mois, une équipe complète de *followers* (suiveurs) passe ses journées à faire en sorte que ma visibilité sur Internet ne souffre d'aucune approximation.

Aucune interrogation de fichiers de police, de douane ou de gendarmerie, en France comme à l'étranger, n'est susceptible de découvrir mon appartenance administrative, et surtout bien sûr ma véritable identité.

Dans un même temps, je regarde tout ce qui a été mis en ligne afin d'appréhender toute la dimension professionnelle et personnelle de mon nouveau moi.

Ma vie créée de toutes pièces est étalée à qui veut la voir.

Mon arrivée en infiltration

C'est donc Georges Blaise qui est dans ce train qui circule en direction du Midi de la France.

Je sais où je vais et je pense savoir ce que je dois faire.

J'ai déjà sur place un logement et un cabinet où je dois m'installer, tout a été minutieusement préparé, organisé, rien n'a été laissé au hasard.

Je vais découvrir non sans une certaine curiosité mon nouvel univers et je sais que je dois rapidement me faire connaître afin de pouvoir conduire à bien ma mission.

L'ambiguïté de cette mission d'infiltration consiste à ne pas me fondre dans la masse, mais à occuper le devant de la scène afin d'obtenir une légitimité et d'attirer la confiance.

Antibes, le train entre en gare et j'arrive enfin à destination.
Je ne peux m'empêcher de penser à ma jeunesse et aux vacances que j'ai passées dans cette ville l'année de mes 14 ans.

C'est étrange, car le lieu où je vais m'installer est dans la même rue de Juan-les-Pins. Cette même rue où j'ai passé les deux mois d'été il y a bien longtemps.

Je me souviens très bien de cette période et je pense que le quartier a sans doute bien changé. Je suis certain que personne ne va se souvenir de ce jeune un peu rebelle qui était en vacances.

Mon cabinet et mon logement seront dans le même immeuble, tout a été organisé avant mon arrivée. J'ai été régulièrement tenu informé par l'agent chargé d'organiser ma logistique.

Arrivé, je n'aurai qu'à poser mes valises et visser ma plaque : « Georges Blaise, Hypnothérapeute, Président de l'institut de formation en hypnose ».

Je vais partager un local dans un cabinet médical et j'ai longuement échangé avec les deux personnes qui y travaillent déjà et en sont les propriétaires.

Il y a Muriele, le médecin généraliste, et Véronique, la podologue. Les échanges ont été sympathiques et c'est par leur intermédiaire que j'ai pu trouver la location d'un meublé deux étages plus hauts que mon futur cabinet.

C'est d'ailleurs Véronique qui s'est proposé de venir me chercher à la gare.

Me voilà avec mes valises devant la gare et je cherche où peut bien être ma future associée.

« Allô, Véronique, c'est Georges, je suis à la gare, vous êtes où ? »

« Bonjour, Georges, devant la gare dans un 4x4 noir. »

Long silence, je cherche… Pas de voiture noire.

« Désolé, je ne vous vois pas… »

« Vous êtes bien à la gare de Juan-les-Pins, Georges ? »

Un nouveau silence et un moment de solitude.

« Heu... non ! Je suis descendu à Antibes. »
Éclat de rire de l'autre côté.

« Non, je suis là, au feu rouge, juste devant l'accès dépose-minute. »

Je rigole tout seul, car je comprends que le train ne s'est pas arrêté à Juan-les-Pins.

Je charge les valises dans le grand coffre du 4x4 et je découvre Véronique, souriante. Elle me fait penser à l'épouse du chef dans la bande dessinée *Astérix et Obélix*.

Bien plus tard d'ailleurs, comme si elle avait su ce que j'avais pensé la première fois que je l'avais vue, elle m'appellera amicalement le Druide.

Une pince dans les cheveux, et surtout une pince-sans-rire.

Je vais en effet découvrir que Véronique a cette forme particulière d'humour.

Ce genre d'humour qui tient de l'ironie. Il est parfois difficile de déterminer si elle fait de l'ironie ou si elle est sérieuse, ce qui peut entraîner des quiproquos des plus amusants.

Pendant les cinq kilomètres qui séparent la gare du quartier où je vais m'installer, Véronique m'a tout de suite mis à l'aise. Sa culture est aussi développée que son sens de l'humour qu'elle maîtrise avec nuance.

Je me souviens encore des histoires qu'elle m'a racontées :

« Comment appelle-t-on un agent SNCF qui travaille 1/2 heure par jour ?... Un hyperactif. »

« Quelle est la différence entre un agent de la SNCF et un chômeur ?... Le chômeur a déjà travaillé. »

« Quelle est la différence entre la SNCF et un paquet de lessive ? Un paquet de lessive contient au moins trois agents actifs. »

« Comment appelle-t-on une journée de grève chez les agents SNCF ?... Une journée d'action. »

Le décor est planté, je vais passer de bons moments, j'en suis certain, et je ne vais pas être déçu, Véronique va devenir une amie avec qui j'aimerai échanger, et souvent nous discuterons dans son bureau.

J'ai toujours ce regret de devoir lui cacher ma véritable identité, et souvent j'appréhende la fin de ma mission et la façon dont je dois théoriquement disparaître.

Arrivé avenue Courbet à Juan-les-Pins, je vais rencontrer Muriele le médecin qui nous attend devant l'immeuble, une vitalité surprenante couplée à la possibilité de faire plusieurs choses à la fois.

Un médecin comme on n'en a plus beaucoup, qui est à l'écoute, dynamique et dotée d'un sens aigu de l'empathie.

Pendant toute la période où je travaille dans le même cabinet, je suis étonné de voir que, malgré le nombre de patients qu'elle reçoit, elle sait s'adapter au rythme et elle garde son professionnalisme.

Elle est toujours sereine et calme, disponible et à l'écoute.

Je ne la remercierai jamais assez pour la confiance qu'elle m'a accordée et qui a énormément contribué à me faire connaître.

Il me reste quatre jours pour m'installer et mettre en place toute la stratégie pour conduire ma mission d'intégration sans réellement savoir comment pouvoir infiltrer des personnes qui détournent les objectifs de l'hypnose à des fins malintentionnées.

Les objectifs que nous avons fixés en montant cette mission d'infiltration sont multiples et doivent permettre un maximum d'efficacité :

- Se faire connaître par l'activité d'hypnothérapeute.
- Se faire rapidement un réseau dans le milieu de l'hypnose.
- Se faire connaître au travers des conférences et démonstrations.
- Organiser des formations d'hypnose.

Tout est parfait, le logement décoré avec goût, et le cabinet très fonctionnel et idéalement situé dans ce quartier de Juan-les-Pins.

Le lendemain même de mon arrivée, je fais le tour des commerçants du quartier afin de me présenter.

Je commence par le graveur à qui je commande ma plaque et qui me propose de me la fixer le jour même.

Une plaque bleue avec des écritures blanches, qui va trôner au milieu des plaques de mes deux nouvelles associées.

Georges Blaise
Maître praticien en hypnose
Président de l'institut de formation en hypnose IFHGB

Très vite, en arpentant l'avenue Amiral Courbet, les souvenirs de ma jeunesse me reviennent.

Cette avenue qui conduit jusqu'au débarcadère des bateaux qui font la navette pour les îles n'a pas tellement changé.

Beaucoup de commerces qui existaient dans ma jeunesse sont toujours là et d'autres ont changé de destination.

L'hôtel de la régence est devenu police municipale, et la fabrique de glace tenue à l'époque par monsieur Stilitano abrite une loge de francs-maçons.

Je me souviens des heures passées à la fabrique de glaces avec Luc, le fils de monsieur Stilitano, avec qui nous étions copains et d'un nombre considérable de glaces mangées.

Mais aussi je me souviens d'un autre copain, Éric, le fils de l'épicerie Guilladeur, qui elle aussi a disparu, laissant la place aujourd'hui à un restaurant plus souvent fermé qu'ouvert et qui change de propriétaire au fil des saisons.

La poissonnerie était un garage, et je me souviens du mécanicien qui nous réparait souvent nos mobylettes. C'est maintenant toute une famille qui travaille ici.

Je les appellerai par la suite de façon amicale « monsieur et madame poisson, et leur fille mademoiselle poisson. »

Pendant deux jours, je me présente à tous les commerçants dans un discours bien calibré afin d'attirer leur sympathie et leur curiosité, et je profite de l'occasion pour les inviter à l'inauguration le lundi même.

Bien sûr, j'ai invité tous les praticiens en hypnose de la commune.

Je distribue des flyers et des cartes de visite. Moi qui aime le contact humain, je prends un plaisir immense à discuter avec les uns et les autres, me prêtant volontiers au jeu des questions posées en leur disant de venir à l'inauguration lundi et que je répondrai à toutes les questions avant de faire une démonstration d'hypnose.

Je reste un long moment dans un bar à discuter avec le serveur bien que celui-ci n'ait strictement rien à voir avec Julien qui me servait mon café tous les matins à Paris.

Mais très vite la discussion tourne autour de l'hypnose de spectacle et des possibilités à pouvoir manipuler ou non des personnes.

Quelques jeunes clients à qui je ne confierais certainement pas la mission d'accompagner ma grand-mère au distributeur retirer de l'argent se mêlent à la conversation.

Très vite, le sujet tourne autour du pouvoir que pourrait exercer un hypnothérapeute, et j'oriente la discussion sur les techniques possibles d'affaiblissement et de conditionnement qui pourraient être utilisées.

J'explique que, parfois, à un moment difficile de la vie, certaines dérives ne sont pas uniquement expliquées par un total et soudain manque de discernement, mais par d'autres choses.

« Une telle transformation est souvent le fruit de l'association de techniques d'affaiblissement physique et psychique annihilant l'esprit critique, aboutissant à un épuisement de l'individu et anéantissant les résistances et les censures des sujets les plus récalcitrants. »

Volontairement, j'utilise une formulation très professorale afin de me positionner avec justesse en détenteur de l'autorité, et pour la faire accepter et surtout obtenir leur adhésion, j'ajoute :

« Enfin, ce que je veux vous dire, c'est qu'il est possible en utilisant l'hypnose et d'autres techniques d'arriver à des résultats surprenants. »

Les jeunes se regroupent autour de moi et me demandent de leur faire une démonstration comme ils ont déjà vu dans des spectacles.

Je me prête au jeu et j'utilise des techniques apprises lors de ma formation en hypnose de rue.

J'utilise pour le faire la fascination, la mystification et la séduction, et après un test de réceptivité, je cible un des jeunes qui semble le plus réceptif à mon discours.

Je le conduis rapidement dans un état de confusion, ou même une forme de sidération, et je lui propose une suggestion, pour le contraindre à rentrer en état d'hypnotique.

Le jeune qui se trouve devant moi est maintenant sous hypnose, sous les yeux ébahis de ses copains.

Il bascule en avant pour se poser instantanément dans mes bras comme s'il était endormi. Quand je lui dis « dors » et commande un verre de lait quand je lui dis « réveil ».

Après quelques passes et un oubli de son prénom, je le ressors de son état d'hypnose, il est encore un peu sonné, mais il a retrouvé toute sa raison.

« C'est la première fois que je me fais hypnotiser. Je me souviens de tout, mais je me sentais vide, complètement bloqué. Quand vous m'avez demandé mon prénom à un moment, j'avais le F sur le bout de la langue, mais j'étais incapable de le dire. J'ai encore les jambes lourdes, c'est normal ? »

Un de ses copains lance :
« Vous pouvez alors faire faire ce que vous voulez ? C'est pratique… Vous pouvez vous faire donner la caisse du bar. »

Je rigole et je dis :
« Non, pas aujourd'hui… J'ai déjà la caisse de la librairie. »

Je ne peux m'empêcher de penser à la véritable raison qui fait que je suis là et, avant de prendre congé, j'observe les différentes attitudes de ces jeunes en me disant que j'aurai vraisemblablement l'occasion d'en savoir beaucoup plus sur eux.

Depuis des années, je me pose les mêmes questions :

- Qu'est-ce qui motive un voleur ?
- Qu'en est-il de sa façon de voir son geste ?
- Comment voit-il ses victimes ?

Je suis certain que, parmi ces jeunes, certains ont déjà passé la barrière de la moralité pour jouer dans le terrain de la petite délinquance.

Mais tous ceux qui ont déjà couru après des voleurs le savent, on ne les retrouve pas toujours.

Il est difficile de les démasquer, car ils savent se dissimuler sous les traits d'une personne quelconque, ils ne révèlent pas leur vrai visage.

Alors, comment faire pour savoir si ces jeunes sont juste des jeunes en mal de stabilité ou s'ils ont passé la porte qui les éloigne des valeurs morales ?

Le meilleur moyen de le découvrir reste de laisser planer un doute sur ma personnalité et d'attirer sur moi l'attention de ce qu'il est possible de faire en utilisant l'hypnose, et je suis certain que le réseau qui existe dans le milieu du banditisme ne tardera pas à être au courant.

L'inauguration du cabinet

Lundi 09 h 00, je m'active à préparer au mieux cette soirée d'inauguration et j'espère avoir un maximum de monde.

J'ai même contacté la presse locale afin de couvrir l'événement et ainsi donner une dimension plus visible à mon installation.

C'est la première action importante si je veux être très vite connu et reconnu dans le milieu de l'hypnose.

18 h 00, les premiers invités arrivent et, très vite, je me rends compte que mon discours et ma communication ont bien marché, car le cabinet se remplit très vite.

Les commerçants du quartier ont répondu présents et je fais la connaissance des médecins et des pharmaciens du quartier ainsi que deux hypnothérapeutes qui m'ont posé beaucoup de questions sur mon passé et ma formation.

C'est amusant pour moi d'être interrogé et de pouvoir utiliser les techniques que nous utilisons dans la police pour faire parler, pour dans ce cas-là garder la totale maîtrise de mes propos.

Ces techniques d'interrogatoire que j'ai l'habitude d'utiliser font l'objet de recherches tant en criminologie qu'en psychologie.

Et là, le questionnement est direct et facile à contourner.

L'art de dire sans dire.

Cette pratique qui est malheureusement trop souvent utilisée dans le monde de la politique.

Il faut dire que mener un interrogatoire n'est pas donné à tout le monde.

Il faut observer et analyser rapidement la personne que l'on a en face de soi, afin de savoir comment mener l'interrogatoire et comment exploiter au mieux les informations ainsi recueillies.

Souvent, l'interrogatoire s'appuie sur quatre points. Tout d'abord, il faut adopter une attitude amicale, puis ne jamais forcer son interlocuteur à dévoiler des informations. Il faut ensuite entretenir l'illusion que l'interrogateur connaît déjà les informations qu'il cherche à découvrir, et enfin s'appuyer sur la tactique de confirmation/infirmation.

Deux jeunes que j'ai rencontrés dans le bar sont aussi de la fête, et très vite on vient me dire discrètement de me méfier, car ils sont connus dans le quartier pour des faits de délinquance.
Je remercie mon informateur et vais voir ces invités atypiques qui détonnent avec le reste des convives.

Déjà par leur code vestimentaire, mais aussi leur façon de s'exprimer.

Ils ont leur casquette bien visible, un accessoire qui est aussi laid que d'un prix exorbitant et qui ne protège de rien à l'intérieur d'un bâtiment.

Vous remarquerez comme moi qu'ils ont tous la même façon de la porter en évitant de l'enfoncer sur la tête, en la posant juste sur le crâne, ce qui donne l'impression que la tête est bien remplie.

Le sac banane est aussi un autre accessoire indispensable.

Pour ce qui est du bas, le pantalon de survêtement est leur tenue idéale, et ils le mettent le plus souvent dans les chaussettes.

Enfin, les chaussures doivent suivre le même code que le reste de la tenue. Des chaussures de sport de grande valeur sont recommandées. Le mieux est d'opter pour des marques connues et qui ne manquent pas de capter l'attention.

Pour ce qui est du mode de communication verbale, voici quelques expressions largement utilisées par ces jeunes afin de vous permettre de parfaire votre communication intergénérationnelle.

C'est de la balle : Exprime l'enthousiasme, quelque chose de bien.

Cette meuf, c'est de la balle : Je ne suis pas insensible aux charmes de cette fille.

Bouffon : Qui ne s'apparente pas au clan.

Nique-lui sa race à ce bouffon : Rabats-lui son caquet à cet individu qui ne s'apparente pas à notre milieu.

Je vais le niquer grave : Il va s'en mordre les doigts.

Chelou : Bizarre.

Gun : Arme à feu.

Kiffer : Apprécier.

Mortel : Bien, beau, dont on peut se réjouir.

Mito : Menteur.

Race (sa) : Exprime le mécontentement.

Sérieux : Indique en début de phrase que le propos est grave.

Trop : En début de phase, c'est très élevé.

Trop la honte = C'est ridicule.

Truc de ouf : Désigne une chose peu commune.

Zyva : Indique que la demande est pressante.

Leur présence me conforte dans l'hypothèse qu'ils sont sans doute au courant des faits troublants qui se sont passés à Juan-les-Pins, et je m'interroge sur leur véritable motivation en venant me voir.

Je pense que ma démonstration dans le bar n'est pas étrangère à leur présence.

J'en profite pour leur dire : « Alors, je vous forme quand ? »

La réponse m'interpelle vraiment.

« Sérieux, on a kiffé grave, c'est comme mon cousin qui fait aussi des trucs de ouf comme toi. »

Ce n'est pas le moment d'aller plus loin, mais je sais qu'il faut que je m'intéresse à ce cousin.

La soirée se passe bien, et mon objectif de me faire connaître et reconnaître est atteint.

Le premier jour de consultation et les autres

La base de ma mission d'infiltration est de me fondre dans le milieu de l'hypnose, aussi je vais faire ma première consultation.

Bien sûr, comme je suis censé avoir une grande expérience, je dois afficher une assurance à toute épreuve.

Même si lors de mes nombreuses formations j'ai déjà conduit des consultations en étant supervisé, je dois bien me lancer pour ce qui est une première pour moi, ce dont personne ne doit se douter.

Je me souviendrai toujours de cette première consultation.

Cette première patiente vient me consulter pour une problématique de stress.

Elle m'expose ses difficultés : anxiété diffuse, difficulté à être en société sous le regard des autres, troubles dermatologiques légers mais réguliers qui la rendent mal à l'aise et coupable de ne pas savoir comment faire pour se calmer.

Ses premiers symptômes sont apparus il y a trois ans, lors d'un Noël avec des relations particulièrement conflictuelles avec sa famille. En approfondissement l'anamnèse, cela lui rappelle un Noël quand elle était jeune, son grand-père avait fait un malaise cardiaque.

C'est étrange, mais on dirait que j'ai fait cela toute ma vie, je suis posé et à l'écoute.

Je sais que cette thérapie brève peut l'aider dans la gestion de ce qu'elle définit comme du stress.

Je lui explique ce qu'est l'hypnose et comment va se passer la suite de la séance, et notamment la phase d'induction d'hypnose.

Par la suite, c'est quelque chose que je ferai à chaque première consultation, car il me semble important d'expliquer simplement un phénomène pourtant complexe.

Je me souviens de ce premier jour où j'ai fini épuisé en ne faisant que cinq consultations.

J'ai compris ce jour-là que l'expérience ne saurait s'apprendre dans les livres.

En effet, il faut toujours avoir présent à l'esprit que le patient vient consulter avec des problèmes antérieurs et que ce sont ceux-ci qu'il transfère, qu'il nous projette.

Freud souligna que le transfert n'est pas l'apanage de la situation analytique, mais en concerne bien d'autres dès le moment où deux personnes sont en présence et entrent en relation pour s'intéresser à la parole de l'autre.

J'apprendrai aussi qu'il convient de maîtriser le phénomène de contre-transfert qui peut se mettre en place sous la forme de sentiments que le praticien peut éprouver pour son patient en fonction de sa problématique.

C'est un peu comme si mon inconscient se met au travail avec celui de mon patient. Il faut alors repérer ses réactions pour éviter qu'il ne perturbe mon travail.

J'apprendrai très vite à me départir affectivement de toute situation afin d'éviter d'être affectivement affecté et pouvoir me préserver, et donc être plus disponible pour les patients.

Mais j'en oublie la véritable raison de mon installation, Georges Blaise n'est qu'une couverture d'un capitaine de police qui doit infiltrer un milieu.

Et les jours qui passent les uns après les autres, les consultations s'enchaînent, entrecoupées de conférences et de mises en place de formations, un domaine de prédilection, car, dans ma fonction, j'ai longtemps enseigné les sciences comportementales au sein de mon institution.

J'en arrive presque à oublier qui je suis vraiment, sans le contact régulier du magistrat qui veut du résultat, je sens dans nos échanges monter une sorte d'impatience.

Quel est son véritable objectif ?

- La justice ?
- Sa carrière ?

Peu importe, je suis là et je fais ce que je dois faire, et j'éprouve une double satisfaction.

Celle de chercher à travers ma mission d'infiltration à déjouer des pratiques détournées de l'hypnose qui sont très loin de l'objectif de tous les thérapeutes.

Celle de pratiquer réellement ce que j'ai étudié et de voir ce que cela peut apporter à la patientèle qui vient me voir.

Les deux satisfactions s'entremêlent et cette dualité me perturbe parfois au point où je me pose la question « Qui suis-je ? »

Peut-être une sorte de transfert entre Georges Blaise et moi, ou tout simplement la recherche du moi intérieur.

Comme Moïse sauvé des eaux ou le petit Poucet abandonné dans la forêt.

Depuis toujours, les mythes, les religions et les contes de fées ont mis en scène des enfants en danger qui, après s'être cachés, ont affronté mille épreuves jusqu'au jour où ils sont réalisés.

Ces personnages de légende symbolisent parfaitement l'image de l'enfant intérieur, devenu si populaire dans la psychologie américaine ces vingt dernières années.

Nous avons tous, en nous, un enfant brimé, abandonné, malmené ou réduit au silence par l'adulte que nous sommes.

Le reconnaître et le libérer, c'est reconnaître et libérer notre essence profonde, notre potentiel créatif, notre spontanéité et, finalement, notre propre nature.

Voilà maintenant six mois que je suis en place et j'avance dans ma mission d'infiltration, je n'ai pas de certitude ou de preuve, mais mon intuition dans ce bar le premier jour est pour le moment la seule piste tangible.

Le temps a passé vite. L'actualité malheureusement dramatique pendant cet été-là sur la Côte d'Azur avec cet attentat à Nice le 14 juillet 2016 et ses 84 innocentes victimes et 400 blessés, et le vent de panique le 15 août à Juan-les-Pins qui a fait 42 blessés, a laissé comme une odeur d'insécurité mélangée à du fatalisme.

Rappel à l'ordre

Je me souviens de ce coup de téléphone de septembre 2016 du magistrat qui m'informe et me reproche en même temps une nouvelle affaire qui semble être en relation avec la pratique détournée de l'hypnose.

Au moins quatre personnes à Juan-les-Pins pendant l'été ont déposé plainte pour vol dans des circonstances particulièrement troublantes.

La description des faits est identique à la lecture de tous les éléments qui me sont transmis.

C'est un mode opératoire qui mêle le mysticisme, l'hypnose et un produit pharmaceutique, qui est mis au jour par les enquêteurs de la police judiciaire.

Un homme et une femme sont soupçonnés d'avoir fait respirer un produit dont les effets sont similaires à ceux de la redoutable drogue baptisée « souffle du diable », un mélange de scopolamine et l'atropine, les plongeant dans un troublant état de soumission.

Les victimes ont dit s'être retrouvées dans un état hypnotique.

Les victimes visées sont âgées et ont été sous l'emprise totale des deux personnes qui les ont abordées, elles ne se souviennent de rien.

Un vague souvenir d'avoir discuté avec une femme et un homme qui était très prévenant et qui parlait doucement, et aussi d'avoir respiré des odeurs dans le but de deviner de quelle plante il s'agissait.

Et c'est le trou noir, les victimes se retrouvent chez elles, et des bijoux et de l'argent ont disparu.

Je dois avouer que le coup de téléphone du magistrat Chouchou et ce rappel à l'ordre m'ont fait prendre conscience à ce moment-là de quelque chose que j'avais toujours inconsciemment refusé d'intégrer : je ne suis qu'un pion parmi d'autres pions.

« Georges Blaise, je vous rappelle que vous êtes capitaine en infiltration et que votre fonction d'officier de police n'est pas un emploi fictif. »

Pourtant, en six mois, j'ai réussi à avoir un positionnement dans le milieu de l'hypnose reconnu et je laisse souvent planer un doute avec mes nouveaux jeunes amis sur les véritables raisons qui m'ont fait quitter la Suisse et le Canada.

Je suis d'ailleurs sur le point de rencontrer ce fameux cousin qui fait des trucs de ouf, et je n'ai même pas envie de le dire à ce jeune magistrat tellement je suis surpris par cette remarque blessante et totalement gratuite, moi qui ai toujours fait le maximum dans les tâches qui m'ont été confiées.

Besim

Il me semble important de forcer un peu les choses avec les jeunes que j'ai pris l'habitude de voir en prenant mon café le matin dans ce bar du quartier.

Un bar comme il en existe beaucoup sur la Côte d'Azur et ailleurs où les patrons doivent surfer entre ce qu'ils voudraient avoir comme clientèle et ce qu'ils ont réellement.

N'allez pas croire qu'ils ont vraiment le choix, c'est souvent un concours de circonstances, petit à petit la clientèle s'est modifiée.

Bien que le bar ne dispose pas d'une terrasse, il sert des boissons à ses clients, qui s'installent sur le trottoir. Les riverains se plaignent de cette privatisation, qui le rend inaccessible aux piétons, du bruit que fait la clientèle, mais aussi des mégots de cigarettes qu'elle abandonne après son départ.

Il reste quelques habitués qui détonnent avec le reste de la clientèle, et tous les matins, un grand mec sec à qui il est difficile de donner un âge, qui parle seul en compagnie d'une bouteille de mousseux. Il paraît que c'est un ancien médecin qui a connu un drame dans sa vie et qui, depuis des années, hante le quartier.

Ce matin-là, je vais rencontrer le fameux cousin, moins de trois jours après le coup de téléphone du magistrat.

Un matin comme les autres avec mes habitudes prises depuis six mois. Des habitudes dictées par mon intuition depuis que j'ai mis les pieds dans ce bar.

Il est accoudé au comptoir à côté de son cousin, il tourne son café en regardant devant lui. Un jeune Albanais d'environ 25 ans, qui est correctement habillé avec une chemise blanche et un pantalon gris.

Son cousin, lui, adopte toujours le style racaille avec sa casquette sur la tête.

« Salut, Georges, je te présente Besim, mon cousin. »

« Besim, c'est mon ami Georges qui endort les gens. »

Je rigole et rectifie en précisant que je suis hypnothérapeute et que j'enseigne l'hypnose, et sans lui laisser le temps de répondre, je lui dis :

« Il paraît que tu fais des trucs de ouf, toi aussi ? Tu as appris où ? »

Il me dit avoir fait un stage de Streep hypnose à Toulouse.

Je connais cette formation d'hypnose de rue qui est basée sur des techniques d'hypnose flash.

En général, le processus rapide se fait en trois phases :

- Rassurer la personne et lui expliquer.
- L'amener brutalement à de la confusion, ou même à une forme de sidération.
- Lui proposer des suggestions.

Volontairement, je ne lui pose pas trop de questions pour ne pas éveiller sa méfiance. J'essaie surtout d'aiguiser sa curiosité et je reste mystérieux sur mes activités au Canada et en Suisse et sur la raison de mon installation ici.

Camel, le cousin de Besim, lui décrit encore la démonstration que j'ai faite dans le bar.

Sans le vouloir, Camel va me permettre de mettre en place une relation très étroite avec celui qui va devenir mon premier suspect.

Dans les jours qui vont suivre, je veux pousser Besim à se dévoiler et, afin qu'il ne se méfie plus, je vais lui faire une démonstration très particulière.

Cet après-midi-là, j'ai rendez-vous avec lui et mon objectif n'est pas ce que je dois lui montrer, mais savoir comment il va se dévoiler afin que je puisse resserrer l'étau autour de lui sans qu'il s'en rende compte.

C'est souvent le cas en infiltration où il faut conduire l'autre à la faute afin de pouvoir le faire arrêter.

Mais il existe une limite dans ce que nous pouvons faire, bien que la loi nous autorise implicitement à fournir des moyens logistiques, mais empêche d'inciter à la commission de l'infraction.

En décembre 2005, des avocats de trafiquants de drogue ont déposé des requêtes en annulation d'une procédure judiciaire impliquant des infiltrés pour ce motif, la cour d'appel de Paris les en a déboutés.

Me voilà donc en voiture avec Besim qui est installé à côté de moi. Son cousin a pris place à l'arrière de la voiture, il a sa casquette vissée sur la tête et ne veut surtout pas rater une miette de ce que j'ai dit pouvoir faire.

Volontairement afin de ne pas me faire remarquer par la police locale, nous voilà en direction de Cannes où je dois éviter une amende grâce à l'hypnose et d'autres techniques.

Besim et Camel ont comme consigne de ne surtout pas intervenir.

La première étape consiste à capter l'attention du policier, ce qui est chose faite, grâce au feu grillé.

Arrêté par le policier, je mets en place une stratégie confusionnelle en m'excusant et reconnaissant les faits, et je lui demande un renseignement.

Moi :

« Désolé, monsieur l'agent… Je suis tellement embêté que je n'ai pas fait attention au feu. Je suis vraiment désolé, vous avez raison de me le faire remarquer.
Vous connaissez bien le quartier ? »

Le policier :
« Oui, je suis de Cannes. »

Moi :
« Ok, je pense que vous pouvez m'aider. J'ai vraiment besoin de savoir où se trouve la station essence, s'il vous plaît. »

C'est ce qui s'appelle contourner le facteur critique en détournant l'attention du policier vers autre chose. Le facteur critique, c'est la raison, c'est la logique.

Moi :
« J'ai vraiment besoin de savoir où se trouve la station essence, s'il vous plaît, vous allez me rendre un grand service, car je suis presque en panne. »

Le policier :
« La station d'essence la plus proche ?»

Je renforce ensuite la confusion au maximum en utilisant l'hypnose conversationnelle, ainsi que des stratégies de détournement de l'attention en utilisant le canal auditif avec des claquements de doigts. Il est important à ce stade-là d'enchaîner les confusions pour éviter le retour du facteur critique…

Moi :
« Oh, je, je suis désolé pour le feu, monsieur l'agent, c'est vrai, mais si nous pouvions oublier ça (*claquement de doigts*) pour une seconde, nous y reviendrons, mais juste (*claquement de doigts*),

oublions ça. Nous y reviendrons. Mais si vous pouviez juste me dire où se trouve la station essence, s'il vous plaît ? »

J'utilise ici une suggestion cachée, qui n'est autre qu'oublier, et le claquement des doigts renforce la suggestion et détourne l'attention vers un registre auditif.

Le policier :
« La station d'essence la plus proche ? Vous allez par là, au bout de la rue, vous tournez à droite. C'est la rue principale direction la Croisette. »

À ce moment-là, le policier a enfilé la casquette du policier qui renseigne un citoyen, et non plus du policier qui réprimande.

Moi :
« Vous savez, c'est drôle, parce que je le savais, mais j'avais juste oublié (*claquement de doigts*). Comme quand vous vous levez, vous allez quelque part, pour faire quelque chose, mais vous oubliez (*claquement de doigts*) la raison pour laquelle vous êtes là. »

Moi :
« Vous ne vous souvenez pas si vous vous souvenez ou si vous avez oublié de vous souvenir, c'est juste oublié (*claquement de doigts*) par votre esprit. »

Le policier ne répond plus, la confusion semble fonctionner. Je vais ensuite diriger l'inconscient au résultat désiré, en suggérant de le laisser partir.

Moi :
« Mais c'est super que je vous aie trouvé, car maintenant je sais où c'est et je peux y aller. Je peux juste y aller. »

Le policier :
« Heu… oui. Ok. »

Moi :
« C'est car maintenant je sais où c'est et je peux y aller. Je peux juste y aller, juste là (*claquement de doigts*). »

Le policier :
« Oui. Ok. »

Je pars sans contravention.

Éclat de rire dans la voiture, Camel est très volubile, il dit à son cousin :
« Je te l'avais dit… Tu as vu tout ce qu'il peut faire… c'est un truc de ouf… Comment il lui a mangé la tête au flic… Tu as vu, Besim ? »

Besim à son tour fait un commentaire et me questionne :
« Ah oui quand même… Tu maîtrises grave… Tu m'apprendrais ? »

Moi en rigolant :
« Pourquoi, tu ne veux plus payer d'amendes ? »
Besim : « MDR… pas avec les keufs… c'est trop risqué, mais je connais un mec qui a fait un truc pareil dans un magasin… Cool de partir sans payer, et ce n'est pas du vol, puisque le mec veut. »

Moi, en rigolant encore :
« Le mec, il ne s'appelle pas Besim… Remarque, moi, depuis que je suis ici, je ne veux pas d'embrouille, j'ai déjà donné… Maintenant, je fais de l'hypnose et j'enseigne. »

Besim :
« Tu as raison, il ne faut pas chercher à savoir… Mais sérieux, avec mes potes, on est chaud bouillant… »

Moi :
« C'est quand tu veux. »

Deux semaines plus tard, j'organise une formation d'hypnose de rue pour un groupe de 6 personnes, 4 garçons et 2 filles.

Une formation comme je ne souhaite plus en organiser, car c'est très éloigné de ma conviction de l'hypnose bienveillante.

Mais la survenue médiatique de l'hypnose de rue ou de spectacle a conduit à une dérive perverse de son utilisation par certains individus.

La perversion réside alors dans un savoir-faire sur l'emprise, une manière de prendre le pouvoir sur l'autre pour le dominer sans qu'il s'en aperçoive et sans qu'il puisse réellement s'en défendre.

Les thérapeutes qui utilisent les techniques d'induction rapide doivent veiller sans cesse au confort de leur patientèle en lui expliquant exactement ce qu'ils vont mettre en place.

Mais mon objectif dans cette formation est dicté par ma mission d'infiltration et je dois rapidement avoir des informations pour permettre aux enquêteurs de progresser.

Je fais la connaissance pendant cette formation d'un groupe de jeunes qui a une expérience approximative des inductions rapides et qui n'a pour objectifs que le jeu et l'emprise sur l'autre.

Très rapidement, je remarque aussi l'attitude particulière d'un garçon et d'une jeune fille.

Besim semble être sous leur emprise, ce qui est étonnant, car il a eu jusque-là tendance à imposer ses décisions, à exercer des pressions psychologiques sur son entourage, tout en refusant la critique.

Les rapports de domination façonnent la structure des groupes et suscitent parfois la formation d'étranges tandems.

Il y a dans leur mode de fonctionnement un rapport de force dominant/dominé.

Besim est-il le chef d'un groupe ou bien émerge un contre-leader ?

Les choses vont très vite par la suite sans pour autant m'obliger à me dévoiler et éveiller des soupçons sur moi.

Depuis le début de ma mission, je suis, régulièrement et discrètement, en contact avec l'officier de police judiciaire (OPJ) chargé de veiller au respect de ma couverture et qui doit mettre en place la procédure.

Pour des raisons de sécurité, il est le seul au commissariat d'Antibes à connaître mon identité.

Christophe, en poste au commissariat depuis quelques années, est d'origine franco-anglaise et ne parle pas un mot d'anglais, ce qui m'a toujours amusé. La quarantaine, les cheveux courts et la barbe continuellement naissante, il me fait penser à un des personnages d'une série policière avec ses lunettes de soleil plus souvent vissées sur la tête que devant les yeux.

Nous avons pris l'habitude de nous rencontrer discrètement et, petit à petit, nous sommes devenus amis.

Christophe est aussi pilote d'avion de tourisme et, régulièrement, il me propose de me faire découvrir la région vue du ciel.

J'ai la certitude que le couple est celui impliqué dans les vols de l'été et que Besim est lié à cette affaire.

L'OPJ rédige rapidement un rapport comprenant les éléments nécessaires à la constatation des infractions, tout en veillant à préserver ma sécurité et mon anonymat.

Ce sera le seul à être entendu en qualité de témoin sur l'opération.

Les enquêteurs perquisitionnent l'appartement du couple situé à Vallauris et y découvrent des preuves accablantes.

En effet, du matériel de préparation pharmaceutique ainsi que des plantes connues en Colombie sous le nom populairement de *borrachero*, dont le fruit s'appelle *cacao sabanero*.

Les graines de ce fruit contiennent de la burundanga, ou scopolamine, une molécule équivalente à une puissante drogue de violeur, comme le GHB.

Elle était utilisée comme sérum de vérité durant la Seconde Guerre mondiale.

Dans un autre registre, des personnes se sont réveillées avec des organes en moins.

D'autres personnes ont participé au cambriolage de leur propre maison, allant jusqu'à aider les cambrioleurs.

La scopolamine est une molécule vicieuse au surnom inquiétant : le souffle du diable.

Un surnom qui prend tout son sens quand on sait qu'il suffit de la respirer pour être drogué et perdre tout son libre arbitre.
Pire encore : si elle est inhalée plus de cinq minutes, c'est la mort assurée.

Les victimes de la scopolamine sont totalement sous l'emprise des personnes qui les entourent.

Donnez-leur un ordre et elles s'exécuteront immédiatement, dociles comme des agneaux, et ne comptez pas sur d'éventuels effets secondaires qui pourraient interpeller un passant ou un proche, car même sous son emprise, vous semblerez sobre, parfaitement cohérent... et vous ne vous souviendrez de rien à la fin.

Les deux suspects sont arrêtés et avouent rapidement les vols de l'été.

La technique est bien rodée : après avoir choisi leur victime, ils lui font respirer une poudre à base de scopolamine très volatile et utilisent en même temps des techniques empruntées à l'hypnose pour pouvoir ainsi les voler sans avoir à employer la force, les victimes étant sous emprise totale.

Le rôle de Besim n'est pas clairement établi dans cette affaire à ma demande afin de préserver au maximum ma couverture et car je suis certain qu'il pourra m'apporter par la suite d'autres informations qui me seront utiles.

Quelques jours avant la perquisition, je pars quelques jours, prétextant des congés afin de n'éveiller aucun soupçon.

Peu de temps après mon retour, Besim me raconte l'histoire sans avoir le moindre doute à mon sujet.

L'évolution de ma mission d'infiltration

Cette affaire résolue permet au magistrat Chouchou de penser que ses reproches m'ont poussé à agir plus rapidement.

Il ne se prive pas d'ailleurs de m'en faire la remarque.

Inutile d'essayer de lui expliquer que ce n'est que pure coïncidence.

Je lui fais part surtout de mon travail de recherche sur un détournement de l'hypnose bien plus grave que cette série de vols, et des éventuelles conséquences nationales qui pourraient en découler.

Déjà lors de notre première rencontre, j'ai pensé, lors de l'évocation des faits par le magistrat, à cet article écrit dans les années 1960/1970 sur la possibilité évoquée par la CIA de la création d'assassins qui agiraient sous hypnose.

Il me demande lui faire un rapport afin d'en apprécier l'importance, ainsi que la plus grande discrétion sur cette affaire.

Peu de temps après, je me retrouve une nouvelle fois à Nanterre, convoqué à une réunion.

En arrivant devant l'immeuble, je me doute que mon rapport a dû faire du bruit, car il y a une certaine agitation devant l'immeuble.

En effet, la sécurité des membres du gouvernement est assurée par le Service de protection des hautes personnalités (SPHP) dont je connais les procédures.

Il faut savoir que la plupart des ministres sont entourés de deux officiers de sécurité qui les protègent et se déplacent avec un chauffeur.

Mais le dispositif peut très vite compter plus d'une vingtaine de policiers pour un ministre susceptible d'être menacé, comme l'Intérieur ou la Défense.

Arrivé à l'étage, je retrouve le magistrat qui m'accueille avant de pénétrer dans la salle de réunion.
Il m'informe de ce que je sais déjà :
« Capitaine, monsieur le ministre de l'Intérieur est déjà là, je vous demande simplement de répondre à mes questions. »

À l'intérieur de la salle de réunion, le ministre est assis face à la porte, avec à sa gauche et droite les deux hauts responsables du Service interministériel d'assistance technique et de la Direction centrale de la police judiciaire.

Le magistrat Chouchou m'invite à prendre place à côté de lui.

Après une brillante explication du magistrat qui m'étonne toujours par sa facilité à synthétiser et s'approprier autant d'informations, celui-ci me demande d'exposer mes inquiétudes.

« Monsieur le ministre, je m'interroge sur la possibilité d'une manipulation mentale pouvant aller jusqu'à des actions graves. »

« Graves, capitaine ? » me coupe le ministre.

« Soyez plus clair, capitaine », renchérit le magistrat.

« Oui, graves, monsieur le ministre, pouvant aller jusqu'au meurtre ou des actions d'attentat. »

Le mot est lâché, jetant un froid glacial dans cette pièce où déjà une tension énorme est présente, sans aucun doute liée à la présence du ministre en personne.

Pour ma part, je suis serein et très décontracté, sans doute, et je le sais à tort, car je n'ai jamais accordé d'importance à l'influence des hommes politiques sur ma carrière, alors que plusieurs fois ils ont contribué, sans me connaître, à la compliquer. Je poursuis mes explications :

« En effet, monsieur le ministre, au travers de l'hypnose, mais aussi de diverses techniques de manipulation du cerveau, il est possible de manipuler le comportement de personnes.

La CIA a beaucoup travaillé sur ce sujet lors des années 50 à 70. Vous pouvez, au travers le projet Bluebird qui deviendra plus tard Artichoke et MK-Ultra qui disait : l'utilisation d'un ensemble de drogues, LSD, narcotiques, de techniques de *brain-washing* (lavage de cerveau), couplée à celle de l'hypnose, pourrait totalement remettre en cause la psyché humaine.

D'ailleurs, les Américains n'ont pas été les seuls à travailler sur cette possibilité. Les Russes et les Chinois ont pour leur part mis en application cette théorie sur les prisonniers américains et français. Les Coréens du Nord auraient mis au point la méthode PDH (*Pain-Drugs-Hypnosis*), traduisez Douleur-Drogues-Hypnose, pour les prisonniers de guerre.

Certains résultats ont été étonnants ! Des soldats américains allant jusqu'à devenir communistes et crachant sur leurs propres systèmes, des remises en cause totale de l'identité.

Récemment, Derren Brown, un illusionniste, mentaliste et hypnotiseur anglais, a tenté de produire un assassin hypnotique lors d'un spectacle avec une arme chargée à blanc. »

Sans me laisser aller plus loin, le magistrat reprend la parole et propose au ministre de mettre en place une stratégie au niveau national afin de découvrir si une telle possibilité est réelle.

J'apprends aussi que les services du renseignement et de la lutte antiterroriste travaillent sur cette piste et que j'ai d'ailleurs fait l'objet d'une enquête à cause de mes contacts avec Besim et ses amis.
Cette déclaration est plutôt rassurante, preuve que ma couverture en infiltration est parfaite.

Mais les choses vont changer, car le procureur me désigne comme conseiller technique en ce qui concerne les techniques comportementales.

Mon intuition première est donc la bonne, Besim peut m'ouvrir d'autres portes.

De retour à Juan-les-Pins, je reprends mon activité en couverture et multiplie mes rencontres avec Camel et Besim.

Comme je l'ai écrit dans mon rapport au magistrat, il y a une confluence indéniable de beaucoup d'actes répréhensibles (trafic d'armes, trafic d'êtres humains, réseaux pédophiles organisés, filières des drogues, attentats, etc.).

Et le contrôle du mental revient en boucle dans ma tête.

Jusqu'où un individu qui a subi un lavage de cerveau peut-il aller ?

De tels individus ne sont pas conscients des actes qu'ils commettent sous l'influence de l'une de leurs autres personnalités.

Ils peuvent agir comme des assassins infaillibles, des messagers et des informateurs, des outils humains employés par ceux qui justifient leurs lubies au nom de l'insécurité nationale.

Je remarque que Besim, le cousin de Camel, devient particulier dans sa façon de se comporter et de s'habiller.

Je vois que Besim devient comme ces jeunes de souche arabo-musulmane résidant en France, qui, peu à peu, se radicalisent. D'autres, d'origine européenne, de culture catholique ou laïque, se convertissent à l'islam radical.

Il tourne le dos à la société occidentale dont il rejette les valeurs et le mode de vie.

Nous avons souvent des discussions au sujet de l'islam et j'évite de me positionner dans un jugement trop tranché.

Son cousin Camel me fait part de son inquiétude et j'en profite pour savoir comment Besim s'est radicalisé.

Camel me parle alors de cet endroit de Marseille où son cousin se rendait de plus en plus souvent et en revenait complètement sous influence.

Dans ce contexte, il faut savoir que certains jeunes partent faire le Djihad et que quelques-uns qui reviennent sur leur terre natale perpétrer des actions terroristes.

Comment expliquer qu'ils puissent s'attaquer ainsi à la société qui les a vus naître ?

Quelles sont les conditions dans lesquelles des personnes deviennent capables de commettre des actes d'une violence extrême vis-à-vis d'une population civile sans défense, qui ne les a ni menacées ni n'a engagé d'actions hostiles à leur égard ?

Mais il ne faut surtout pas stigmatiser la communauté musulmane, et affirmer que le Coran appelle au meurtre est une aberration.

Si l'on ne prend pas en compte le contexte historique dans lequel est né l'islam, où il y a eu des conflits entre des tribus juives, chrétiennes et musulmanes, on ne peut pas comprendre le texte coranique.

Le combat contre les juifs évoqué dans le Coran s'explique par des raisons politiques et non religieuses.

Le terme même d'antisémitisme musulman est vide de sens. Dans l'islam, les deux tiers des prophètes sont des juifs. Jésus et Moïse en sont de parfaits exemples.

La guerre est une exception dans l'islam, et quand le Coran appelle au combat, c'est pour une cause juste et contre des personnes hostiles.

Avec mon attitude sans jugement et l'aide de Camel, je me retrouve très vite avec la confiance de Besim qui parle de moi et de ma technique d'hypnose à des amis de Marseille, qui souhaitent me rencontrer.

Pendant les mois suivants, je vais de temps en temps à Marseille à la rencontre des nouveaux amis de Besim.

L'endroit est particulier et n'offre aucune possibilité d'attirer l'attention.

Il m'est arrivé de former quelques personnes à l'utilisation des techniques de l'hypnose, mais je sentais bien une méfiance énorme de leur part.

Afin d'éviter de compromettre ma véritable intention d'infiltration, j'ai mis en place un rapport à l'argent lié à une nécessité engendrée par une addiction aux jeux.

Les locaux sont pour la plupart en sous-sol et je n'ai pas vraiment été invité à une visite guidée.

Je sais que des jeunes y sont hébergés et restent là parfois plusieurs semaines.

Je suis au centre d'une machine à endoctriner et, malgré mes multiples interventions auprès du magistrat, aucune action de police n'est envisagée dans l'immédiat afin de pouvoir se servir dans le futur de la connaissance des pratiques pour mieux les combattre.

Pourtant, dans un rapport, j'écris :

Il ne fait aucun doute qu'un conditionnement de l'inconscient, à l'insu du conscient, est possible et trouve là un moyen de s'attirer des complicités qu'ils ne pourraient obtenir autrement.

Cela dépasse la simple tentative de manipulation, mais s'oriente vers un projet plus complexe à long terme en créant un véritable désordre d'identité dissociative.

La raison peu avouable de ce groupe sectaire est bien de provoquer des états de conscience modifiés, qui ont pour effet de diminuer la perception consciente du sujet afin d'atteindre son subconscient.

Le but est de modifier le comportement humain en court-circuitant autant que possible toute censure consciente pour convaincre les membres de se sacrifier comme kamikazes.

Les victimes d'une telle manipulation rencontrent bon nombre de difficultés pour sortir de leur prison aux barreaux invisibles.

L'hypnose pratiquée à leur insu, l'amnésie des séances, l'oubli des suggestions, ou plus exactement dans ce contexte des injonctions qui peuvent durer plusieurs années, perturbent et entravent les réactions de défense.

Leur comportement, leurs actions, leurs propos peuvent n'être que le résultat du conditionnement sous hypnose.

Les limites de l'hypnose se trouvent dans l'éthique et les intentions de ne pas nuire à des hypnotiseurs sérieux, mais parfois, dans la mort, lorsque les opérateurs n'ont d'autre but qu'une domination destructrice et usent de tous les moyens pour parvenir à leurs fins.

Mais un tel niveau de manipulation nécessite :

Des drogues

Ces substances ont pour effet de modifier le psychisme.

Leur utilisation régulière est responsable de troubles des fonctions intellectuelles du fait de leur action sur le système nerveux central pouvant aller vers la confusion mentale et l'hallucination, d'angoisses, d'envies de suicide ; c'est un véritable état de dépendance physique et psychologique.

Ces toxiques leur sont présentés comme des compléments alimentaires, des potions magiques, ou font l'objet de prise dans des rituels.

Certains narcotiques provoquent l'hypnose.

Ils sont utilisés non pas pour anesthésier, mais pour produire une parfaite décontraction.

Le but est de restreindre le champ de la conscience, d'augmenter la suggestibilité du sujet et d'éliminer les obstacles dus aux inhibitions conscientes.

Une modification de l'alimentation

Toutes les excuses pour installer des régimes dissociés ou hypocaloriques, des carences alimentaires, une sous-alimentation, des jeûnes qui, s'ils sont insuffisants seuls pour rendre un individu totalement malléable, provoquent un état confusionnel avec diminution de l'attention, perte de mémoire et déséquilibre du système nerveux, et contribuent ainsi à l'affaiblissement et à une certaine marginalisation.

Une carence glucidique pendant quelques jours a pour conséquence une souffrance cérébrale et une baisse de la vigilance.

Une carence protidique ou lipidique ou une alimentation hypocalorique prolongée, en diminuant le seuil de résistance physique, facilitera l'application des protocoles d'endoctrinement.

Une modification des périodes de repos et de sommeil

La modification systématique des périodes de repos et de sommeil montre de façon incontestable l'importance de celui-ci sur l'équilibre psychique.

La privation de sommeil est intégrée à des rites.

Les prétextes invoqués sont les offices religieux, la méditation à heures fixes, la prière, la position de la lune et des astres.

La technique la plus utilisée est la privation de sommeil répétitive, mais de courte durée.

Réveiller à plusieurs reprises durant la nuit afin de satisfaire à des rituels de prières ou autres peut interrompre les phases de sommeil paradoxal sans lesquelles le psychisme ne parvient pas à se reposer réellement.

Ces privations de sommeil paradoxal, même si elles donnent l'impression de permettre la récupération physique et psychique, forment la genèse de troubles psychiques dont les plus bénins sont les états dépressifs et irritatifs, et les plus graves des états dissociatifs.

Une autre technique est celle des rituels nocturnes répétitifs et de longue durée.

Même si l'adepte peut dormir le jour pour récupérer, il est établi que ce type de pratique induit lui aussi des troubles psychologiques en modifiant les rythmes de l'organisme, c'est-à-dire l'horloge biologique qui régit nos comportements de subsistance : nourriture, boisson, sommeil, excrétion.

Une augmentation de l'activité physique

La fatigue musculaire rend le sujet apte à la soumission et à l'obéissance.

L'épuisement physique est une arme redoutable, son application systématique abaisse la vigilance, au même titre que la carence alimentaire.

Un isolement

Pour parvenir à contrôler un individu, les échanges avec l'extérieur doivent être réduits, triés et ne pas donner lieu au début d'une quelconque réflexion qui s'avérerait dangereuse pour le conditionnement.

Sous couvert de sémantique, d'employer les mots appropriés et de les utiliser avec leur véritable sens, un néolangage se met progressivement en place, ainsi que la paranoïa.

L'idée de persécution provoque la solidarité et la loyauté envers le manipulateur.

Les liens sociaux se distendent, les liens dans le groupe se renforcent.

La structure familiale, les proches et les amis qui entraveraient le processus d'embrigadement sont remplacés par une nouvelle famille.

Besim n'a pas échappé à cette organisation, et, depuis plusieurs semaines, je n'ai plus de nouvelles de lui.

Son cousin, inquiet, l'a signalé au service de police, il craint qu'il soit parti à l'étranger dans un pays qui forme les combattants de Daech.

Il est sans aucun doute pour moi une victime d'un endoctrinement sur le sol de sa patrie de naissance pour le faire devenir un combattant terroriste étranger.

Malgré ma demande, je n'ai pas pu savoir ce qu'il est devenu.

Cette notion est tricéphale :

- C'est un individu qui a quitté son pays d'origine et qui a rejoint un groupe armé non étatique dans un conflit armé à l'étranger par idéologie, croyance ou affinité.

- C'est une personne qui rejoint des pays sur les territoires desquels des organisations terroristes sont installées et dispose de camps d'entraînement où il peut recevoir une formation qui lui permettra d'opérer des attentats à son retour dans son pays d'origine.

- C'est un combattant qui commet des actes terroristes sur le territoire où se déroule le conflit armé, sachant que ce territoire n'est pas celui de son pays d'origine.

Un mois après la disparition de Besim, Camel est victime d'un accident de voiture et perd la vie.

Sans doute une pure coïncidence, mais le doute subsiste toujours en moi, et la justice n'a pas souhaité ouvrir une enquête, classant à mon avis l'affaire très rapidement.

Je me souviens exactement de ma conclusion dans ce rapport et ne le regrette en rien même si celui-ci aura des conséquences sur ma carrière.

Je concluais ainsi : Si l'idée même qu'un automate puisse naître à la suite d'un conditionnement sous hypnose seule semble inconcevable.

Il est important d'abandonnant les croyances complotistes, et d'être incapables de remettre en cause des inepties et des théories irrationnelles.

Mon contact à Marseille ne répond plus au téléphone, et lors d'une visite sur place, les locaux sont vides et personne dans le quartier ne sait où ils ont déménagé.

Malgré mes demandes auprès de mes collègues des autres services de police, personne ne me donnera jamais aucune explication.

J'ai de plus en plus l'impression d'être écarté de toutes les informations concernant cette affaire.

Mon écartement de la mission

J'ai pourtant l'impression d'avoir réalisé un bon travail et mon expérience peut me permettre de savoir que l'élément recueilli était suffisant pour intervenir dans cette structure pour lui éviter de nuire.

Mais, visiblement, les objectifs du magistrat n'étaient pas aussi simples à décrypter, guidés sans doute par des ambitions plus politiques.

Devant mon insistance, je me souviens de cette décision surprenante, même si j'aurais dû la voir arriver.

À vouloir aller trop vite ou vouloir trop bien faire, on dérange, on gêne même parfois.

Lors d'une réunion pour faire le point sur ma mission, la décision tombe d'un coup.

C'est un vendredi, et le magistrat Chouchou d'abord me félicite pour mon travail et me dit sans détour :
« Capitaine, à partir de lundi, vous mettez fin à votre mission, c'est une décision prise au plus haut niveau, et vous devez me transmettre toutes les informations en votre possession.
Vous êtes affecté au service des renseignements et de la lutte antiterroriste en qualité de conseiller.
Nous allons nous occuper de libérer votre couverture, le cabinet, l'appartement. »

Je comprends une fois de plus que je ne suis qu'un pion que l'on peut déplacer sur un échiquier.

Le pion, dans sa simplicité, marche droit devant lui, mais lorsqu'il prend, il le fait obliquement. Ainsi, tant que j'ai marché dans la droiture, je n'ai pas posé de problème au jeu, mais lorsque j'ai cherché par les voies obliques à prendre le roi sur leur échiquier, les pièces maîtresses du jeu ont vu un problème à leurs règles.

Après la partie, le pion que je suis retourne donc dans sa boîte.

La vie est comme un échiquier géant et vous pouvez voir aussi loin que vous pouvez regarder des pièces noires et blanches, certaines sont solitaires, d'autres forment des groupes.

Comme dans un jeu d'échecs, les blancs affrontent les noirs comme dans un immense champ de bataille.

Nos pensées et émotions positives sont comme les pièces blanches, et nos pensées et émotions négatives sont les pièces noires.

Elles s'affrontent dans une lutte importante.

Nous aimerions que notre échiquier ne soit rempli que de pièces blanches, car ce sont les pensées positives.

Alors, il nous suffit de nous joindre à la bataille pour aider à éradiquer les autres pièces.

Se débarrasser des pensées négatives et créer juste un espace nécessaire pour les pensées positives.

Ma décision

Il faut parfois reconnaître les signes de l'existence.

Ces signes de la vie qui ont un impact direct sur notre quotidien, nos choix, nos humeurs.

Pourtant, comme beaucoup de personnes, jusque-là, je n'en étais pas vraiment convaincu.

C'est souvent parce que nous vivons dans des sociétés très rationnelles, où tout doit avoir une explication logique et sensée.

En conséquence, comme de nombreuses personnes qui ne croient pas à une coïncidence étrange, je me disais que tout devait s'expliquer de façon rationnelle.

Pourtant, le fait est que nous vivons chaque jour des choses qui ne s'expliquent pas de façon rationnelle et scientifique, des signes de la vie qui auraient dû me parler depuis toutes ces années.

Quels sont ces signes que je ne vois pas ?

Cette mise au placard, car c'est bien de cela qu'il s'agit, était sans doute un signe que la vie me mettait devant mes yeux et qui pouvait changer ma vie.

Quelques jours après, je prends ma décision au grand étonnement de beaucoup de personnes de mon entourage professionnel.

J'arrête tout simplement ma carrière dans la police et je décide de m'installer comme hypnothérapeute.

Claudy Mailly écrivait : « Choisir, c'est être libre. »

Mais c'est aussi prendre ses responsabilités, là où il serait plus confortable de rester dans le statu quo rassurant.

C'est accepter de faire face aux conséquences induites par ses choix, prendre le risque de se tromper et de se compromettre aux yeux des autres.

Il est évident que la peur de regretter certaines choses est présente à ce moment-là.

Le regret le plus fréquent des personnes, c'est de ne pas avoir le courage de vivre leur vie comme elles le veulent, et non pas comme les autres l'entendent.

Pour ma part, je m'applique simplement quelque chose que je disais en formation aux jeunes recrues :

« Le jour où la petite flamme ne brûlera plus dans la pupille de vos yeux pour votre métier, il faut partir avant de devenir ces personnes qui restent et qui sont aigries. »

L'hypnose va prendre le dessus sur mes autres passions, parce qu'elle me permet d'aider et de soutenir. Depuis le début de ma formation, et surtout lors de mes premières consultations, c'est comme si elle m'appelait. Et chaque fois que j'en parle, je sens les petites étoiles qui font briller mes yeux.

Mon choix de retourner sur Juan-les-Pins est pour moi devenu une évidence

Le paysage défile de nouveau aussi rapidement que ces derniers mois, les souvenirs restent, mais cette fois sans être mêlés aux regrets et aux insatisfactions d'une vie qui continue.

Ce train qui m'emporte une fois de plus me conduit vers une nouvelle vie.

À 55 ans, j'ai pris la décision de tout remettre en question, peut-être tout simplement pour devenir moi-même.

Nous naissons vierges de pensées, la seule chose qui nous met en mouvement c'est la génétique, cet instinct transmit depuis des millénaires.

Dès les premiers jours de notre vie, pourtant, nous subissons des pressions sociales par le biais de la famille dans laquelle nous sommes arrivés, par le choix du prénom, parfois par le choix d'une religion que l'on nous impose.

Nous entrons alors dans les terres du conformisme.

Comment en sortir pour réussir et comment devenir soi-même ?

Nous n'avons pas choisi de vivre.
Pas choisi d'être né là où nous sommes nés.
Nous n'avons pas choisi ce corps qui est le nôtre,
Pas choisi notre famille.
Nous n'avons pas choisi les premières années de notre vie.
Mais petit à petit nous apprenons à choisir.
Choisir d'accepter de nous tromper
Choisir recommencer
Et puis un jour
Nous pouvons choisir de devenir ce que nous voulons.